לפעמים שלמה:

לפעמים כלב הוא רק כלב

Sometimes Solomon
Sometimes a dog is just a dog

מאת הכומר ג'ון יאנג
By Rev. John Young

תורגם על ידי קימברלי יאנג
Translated by Rev. Kimberly N. Young, M.Ed.

מאויר על ידי: **פולינה הריצקובה**
Illustrated by Polina Hrytskova

ספריית הקונגרס מספר סקירה:
2018904597

ISBN 978-1-7322327-4-7 (Hebrew translation)
ISBN 978-1-7322327-2-3 (pbk)
ISBN 978-1-7322327-1-6 (ebook)
ISBN 978-1-7322327-3-0 (hardback)

כמו בכל דבר, זה בראש ובראשונה
לאדון ישוע המשיח

~ אמן

אשתי, קארלי, אמא ואבא שלי, המשפחה שלי, כל הילדים של ההווה והעתיד של האקדמיה
הנוצרית של אבן הפינה,
ו
לכל יקירינו:
פלפל, פלפל הארלי ג 'ק, דבש דבש, באסטר, לילי, ללעוס, סמי, אכילס, סילאס, רוז לילה,
בואה, אמבר, בוב & לותר.

וכמובן ... קצת מיוחד שלנו "לפעמים סולומון"!

שלום?

Hello?

שלום?

Hello?

יש שם מישהו?

Is somebody there?

טוב שלום

Well Hello

מצאת אותי!

You found me!

שמי סולומון

My name is Solomon

מתישהו סולומון!

Sometimes Solomon

לפעמים אני אוהב להיות כלב ...

Sometimes, I like being a dog...

לפעמים...

Sometimes...

אם אתה חושב על זה...

If you think about it...

זה די קל להיות כלב ...

it's a pretty easy job
being a dog...

לפעמים...

Sometimes...

לפעמים אני מתעוררת
ומרגישה ממש טוב...

Sometimes
I wake up and feel happy...

אני מסתכלת החוצה ואני
מתבוננת בזריחה ...

And I look outside,
and I watch the sunrise...

כשאני מתעורר זה
מרגיש ממש טוב למתוח
הרבה זמן ...

it feels really good to stretch a

really long time...

ו לפעמים...
And sometimes...

כשאני מתמתחת ממש זמן
when I stretch a really
long time,

רב, זה כיף פשוט ליפול...
it's fun to just fall-over...

לפעמים!
Sometimes!

לפעמים...

Sometimes...

כאשר אני עושה טוב,

When I do good,

אני מקבל סוכריות טעימות מאוד!

I get a really yummy treat!

לפעמים

Sometimes...

אני יוצא החוצה
ומסתכל על כל הדברים
היפים ...

I go outside and look at all the pretty things...

ומריח את כל הפרחים
המסודרים ...

And smell all the pretty flowers...

לפעמים...

Sometimes...

כשאני מתרוצצת אני

when I'm running around

נהנית מזה עד כדי כך שאני שוכחת למה אני מתרוצצת!

I'm having so much fun...
that I forget why I'm running around!

ואז כשאני מפסיק
להתרוצץ ...
And then,
when I stop running around...

אני מרגיש כאילו אני
צריך להתחיל לרוץ שוב...
I feel like I should start running
around again...

לפעמים!
Sometimes!

לפעמים...
Sometimes...

אני רודף אחרי הזנב שלי
I chase my tail

ואני לא בטוח למה...?
and I'm not really sure why...?

לפעמים אני מתרגש ומתנגש בדברים ...

Sometimes
I get excited and run into things...

וכאשר אני רץ לתוך הדברים הלא נכונים, זה כואב קצת ... לפעמים

And when I run into the wrong things,
it kinda hurts...

לפעמים!

Sometimes!

ולפעמים כשאני נפגע אני מרגיש עצוב.

And sometimes
when I get hurt...I feel sad

וכשאני מרגישה עצוב הלוואי שיכולתי לשנות דברים ...

And when I feel sad,
I wish I could change things...

האחים והאחיות שלי מקבלים יותר תשומת לב ... לפעמים

my brothers and sisters get more

attention than me...

אבל לפעמים,

But sometimes,

... אני במרכז תשומת הלב
!לפעמים

!לפעמים

Sometimes!

לפעמים זה מרגיש כאילו אני מקבל מותקפים מכל הצדדים ... לפעמים

Yet sometimes
it feels like
I'm getting picked-on
from all sides...

לפעמים אני מרגיש שאני
רוצה ללכת...
And sometimes,
I feel like I want to go away...

אני חושבת שאני לבד...
והתחלתי לפחד...
And I begin to think what it's like to be
alone...
And sometimes I even start to feel
afraid...

לפעמים
Sometimes

אבל אז,
כשאני חושב על כך
לבד ופוחדת ...

But then,
when I think about being
alone and afraid...

אני זוכר משהו
חשוב מאוד...

I remember something
very important...

כל מה שאני צריך
לעשות זה להסתובב...

All I have to do is
turn-around...

וללכת בדרך הנכונה!

!And head the right way

כי אני יודע שיש לי מישהו
שתמיד יהיה שם כדי לאהוב
אותי!

Because I know I have Someone
Who will always be there to love me!

...הוא זה שאמר

He's the One who said,

"יתן לילדים הקטנים לבוא אלי
כי ממלכת השמים שייך כזה."

"Let the little children come to Me...
For the Kingdom of Heaven belongs
to such as these."

מתיו 19:14

אז עכשיו אני חולם על החיבוק המיוחד שלו ... זה שישו חוסך רק בשבילי!

So now I dream of His special hug...
the one that Jesus is saving
just for me!

ולא רק "לפעמים"...

And not just "sometimes"

כל הזמן!

ALL THE TIME!

מקווה לראות אותך
"לפעמים" בקרוב!
Hope to see you
"Sometimes" soon!

עד אז שלום!
Till then...Shalom!